Cuentos cubanos en tiempos de COVID-19

Cuentos cubanos en tiempos de COVID-19

Carlos Alberto Hernández Oliva

Primera edición: febrero de 2023.
Carlos Alberto Hernandez Oliva.
Editorial Crossing Fields.
ISBN: 978-1-956239-02-7.
Library of Congress Control Number: 2022906856.

A los cubanos

Caso clínico

El profesor llegó primero. Siempre había sido así por los últimos cuarenta años. Un *caso*, cualquiera fuera su nivel de complejidad, se discutía pormenorizadamente y el experimentado médico escuchaba con paciencia y crítica a cada uno de sus internos de turno, sin paternalismos.

Ni la Covid pudo con ese requerimiento impuesto a fuego en la estructura metodológica del galeno. Ciertamente se limitaron las visitas al hospital, pero su grupo asistía a diario. Los medios de protección... para los médicos no eran diferentes de los del resto de la población, pese a que las cargas virales eran brutalmente dañinas.

Se propuso "abrir" un poco la mano con las tardanzas, le costó entender que él, un hombre de setenta y tantos, pudiera llegar siempre temprano y otros no. En su momento era un filtro para descartar a los colegas que no entraban en el concepto de equipo: sacrificio a ultranza. Sin términos medios.

Pero la pandemia imponía análisis específicos, muchos enfermos y muertos eran razón para modificar criterios, sobre todo los más rígidos, pues bastaba con la certeza de Caronte.

A las siete de la mañana el *team* estaba al completo y comenzó el análisis. Como siempre uno expuso la parte etiológica, otro se encargó de los síntomas y evolución, desafortunadamente los medios técnicos para el diagnóstico estaban descartados, y finalmente comenzaron a exponerse los diagnósticos.

Luego de un par de horas quedó bastante claro el estado de salud general del paciente en cuestión. No era lo esperado y deseado, sobre todo por el tema de la edad.

—Como saben, tenemos que salir al terreno —puso cara de circunstancia y se tocó el oído advirtiendo que podían estar escuchando. Era un gesto mecánico—. Las restricciones por la Covid así nos lo imponen y ya me han dado el combustible para el día de hoy.

—Estamos preparados profesor —susurró uno de los médicos con voz queda.

—Sabemos que es un sacrificio, pero tambien estamos concientes de que es nuestro tiempo, es lo que nos toca y no haremos quedar mal a la revolución que nos lo ha dado todo —agregó otro de los especialistas.

—Pues si estamos todos en la misma página, salgamos y así regresamos más temprano —el profesor se levantó con una energía inusitada para sus años, pero acorde a su complexión física.

Llegaron al parqueo y el profesor exclamó con mordacidad:

—Miren como está Franki, loco de alegría con su medio tanque.

Todos rieron con la ocurrencia y montaron en el viejo y destartalado Mosckvitch, obsequio del Estado a ciertos médicos, de probada valía y actitud revolucionaria. No bastaba con ser brillante, tambien era imprescindible estar integrado. El carro chirrió quejándose dolorosamente por el peso de los cuatro hombres y después de sufrir como un asmático en plena crisis, tras varios ahogos, finalmente arrancó.

El timón tenía un enorme desfase de forma tal que para doblar, había que comenzar a girarlo varios metros antes de llegar a la intersección, pero le tenía cogido el tumbaíto, igual que al equipo de ultrasonido, que daba una sombra muy parecida a un tumor y era un problema del transductor, pero era imposible repararlo y menos aún sustituirlo por otro nuevo.

Salieron del hospital y no pudo girar a la derecha inmediatamente, así que tocó dar la vuelta a la rotonda de la Fuente Luminosa y enfilar hacia la avenida de la Independencia.

Se desviaron en Fontanar, el carro rebufaba como un toro depués de las banderillas y los picadores, medio agonizante.

Para colmo, la línea del tren estuvo a punto de costarles una de las ruedas, aparte de los brincos de rigor, pues los amortiguadores adaptados de un *Willy*, no tenían la suficiente fuerza y las cervicales sufrían lo suyo.

Se internaron en una callejuela al final del barrio y finalmente llegaron a la casa del paciente, una modesta propiedad pero bien cuidada, pintadita y con un portal con sillones de hierro y cuerdas de comba.

—Caballero como guapea este Frankestein —dijo el profesor y volvieron a reír, sinceramente, relajándose.

—Profesor, ¿hacemos una última puntualización?

—¿La necesitas?

—La verdad es que no, aunque es mi primera consulta de terreno, lo tengo completamente claro.

Se bajaron del carro cuidando de que las puertas no se cerraran con brusquedad, pues en eso el profesor se parecía a los dueños de los "Almendrones", detestaba los portazos. Las piezas de repuesto estaban imposibles.

Antes de llamar a la puerta apareció en el umbral un hombre bajito, encorvado, con cara avinagrada, sin nasobuco, lo que corrigió con presteza al ver a sus visitantes perfectamente tapados.

Les dio la bienvenida, estrechándole las manos y llamando por su noombre a todos, menos al "nuevo", que recibió una mirada entre desconfiada y dubitativa

—Es un interno que ya lleva tiempo conmigo, está muy bien preparado y doy fé de su formación, honradez y valentía —se anticipó el jefe del *team*.

Toda sombra de duda se desvaneció y los cinco pasaron a la saleta, bastante fresca gracias a varios ventiladores que trabajaban sin descanso.

Los equipos tenían unas bolsas de hielo colgadas en forma de alforjas detrás de las hélices o paletas, lo que permitía que el aire se enfriara de forma muy agradable.

—¿Has visto como funciona mi aire acondicionado?

—Imagino que lo haya patentado —respondió el nuevo del grupo, siguiendo el juego al paciente y anfitrión.

—Naaaa... me robarían como a Nikola.

—Pobre Tesla...

La respuesta hizo que el paciente se relajara, pues supo que el doctor nuevo estaba muy bien preparado y con la suficiente agilidad mental y cultura como para ser parte de aquellos prestigiosos médicos.

—Bueno, hemos discutido mucho y pese a las tremendas dificultades, estamos preparados —se rompió el hechizo por la entrada en materia.

—Profesor, nos conocemos desde hace mucho. No es nuestro primer baile —bajó la cabeza en señal de vergüenza, pues su palabra ya estaba dada—. Mi hijo me ha hecho dudar, dice que no es un buen momento, en medio de la pandemia, con todo lo que ello supone.

El profesor dejó que el silencio fagocitara aquellas palabras e impusiera orden, no tenía la última palabra, que era legítimamente un derecho del paciente. Sus colegas respetaron el momento.

—Tiene razón su hijo —lo miraba con infinita bondad—. No puedo asegurar que la operación saldrá como esperamos, la edad y los achaques propios hacen que el pronóstico sea discreto.

Una señora de edad imposible de enmarcar se acercó con delicadeza y cambió el curso del análisis. Saludó con una inclinación de cabeza y dejó una bandejita con cinco vasos de limonada. Antes de retirarse con la misma transparencia dijo:

—Yo confío en ustedes.

El esposo la miró con la ternura propia de la forja de Vulcano, tras sesenta años bregando en un mundo casi siempre hostíl.

Sin decir palabra alguna los invitó con un gesto a seguirlo. Llegaron al patio y tras unos segundos adaptándose a la claridad, lo vieron.

—Aquí está. Es el más viejo, todos los jóvenes ya se han sacrificado, el único que nos queda, ha servido y seguirá sirviendo después de muerto. No será lo mismo, pero está sano, que es lo más importante, dará un buen tasajo...

No fue necesaria la orden del profesor. Los médicos tomaron sus instrumentos, anestesiaron al noble bruto y a los pocos minutos comenzó la operación.

Todo en el más absoluto silencio.

El dueño de la casa no quiso ver como su animal más querido se convertía en piezas listas para ser vendidas en el mercado negro. El profesor, sin embargo, se mantuvo en la escena, a distancia para no molestar, pero asumiendo su parte de responsabilidad.

Sus alumnos, atareados, no lo vieron llorar, sin lágrimas, ya no le quedaban.

El vigía

Su turno comenzaba a las cuatro de la madrugada. Llevaba varios meses a cargo de esa tarea y el cuerpo no se acostumbraba a los rigores del clima tropical. Pese a la hora, el calor y la humedad eran muy molestos, trastocando la necesaria paz y tranquilidad del sueño.

No le apetecía levantarse, pero la amenaza del castigo se imponía y pasaba a ocupar su puesto en lo más alto, de vigía.

El sol rompió el horizonte y proyectaba sus efluvios que pronto se convirtieron en un fuego abrasador.

Estaba solo en aquella altura y sabía que nadie subiría a ayudarlo. Todos se beneficiaban con su trabajo, pero si por casualidad abandonaba su puesto... mejor ni pensarlo.

Por eso llevaba su botella de agua que ahorraba como si en ello le fuera la vida. Sobre las cinco de la mañana un vientecillo fresco se dejó sentir por escasos minutos, la brisa reacia a mostrarse generosa, cesó con la misma rapidez con la que comenzó. Perdió el control sobre los músculos del cuello y se propinó un fuerte cabezazo contra la estructura que lo soportaba.

Estuvo a punto de caer, y era una altura suficiente como para romperse todos los huesos e incluso matarse. No sería el primero ni el último. Luchando desesperadamente contra el sueño lo sorprendieron las primeras luces de la mañana.

Al mediodía estaba medio cegato por la fuerza del sol y fatigado por la inmovilidad a la que estaba condenado por las dimensiones del espacio que le daba una visual espléndida y tácticamente demostrada sobre todo el horizonte.

Se estiró aparatosamente e intentó recordar una vez más el nombre del marinero que acompañó a Colón en su primer viaje…su tío se lo repetía a cada rato, pero era imposible recordarlo.

Lo importante es que pasó a la posteridad con el grito de: "¡¡¡tierraaaaa!!!!" Y desde entonces se hizo famoso, aunque Colón no le dio el dinero prometido, diciendo que él la había visto primero.

La cosa es que nadie creyó a Colón y el de Triana mantuvo su momento de gloria. A las tres de la tarde ya estaba exhausto, boqueando como un pescado fuera del agua. La agudeza visual, propia de los veintipocos años, daba paso a escenas fantasmagóricas.

El horizonte se dividía en varias franjas de colores que iban desde el naranja hasta el verde. Estaba mareado, y los bofetones que se daba para no dormirse casi lo dejaban inconsciente y optó por no repetirlos.

No valoraban su trabajo. El tremendo esfuerzo y las magras recompensas. Mientras, todos hacían sus vidas, enfrascados en las tareas propias, sin pensar en su sacrificio diario.

De pronto, le pareció que vio algo. Se arrojó con fuerza el agua que le quedaba en la botella, parpadeó varias veces para despejarse, sabiendo lo que le esperaba si se equivocaba y ponía en pie de guerra a todos.

Pero no, la silueta se fue perfilando y alcanzó toda su dimensión.

Inhaló profundamente, el aire cortándole la tráquea e inflando sus pulmones hasta casi reventar y entonces gritó:

—¡¡¡Mamiiiii... el camión del pollooooooooo!!!

Entonces se dejó caer desmadejado, medio muerto, pero con la esperanza puesta en dos muslos... de pollo…

18

Educación

La mamá llegó a la escuela muy preocupada. Tenía razones para temer, pues unas generosas contribuciones garantizaron que su hijo mantuviera una discreta puntuación en las notas. Los 21 puntos de Educación Laboral fueron suficientes para que tomara la decisión de apretarse el bolsillo y facilitar su desempeño académico.

Esto se traducía en repasos, horas extras, y toda una suerte de medidas que pretendían salvarlo de un naufragio seguro, pues el niño no daba la talla. La maestra emergente, una jovencita de 19 años y muchas necesidades económicas, se encargaba del resto.

Repasaban en su casa, tres veces por semana y la maestra comía como una nigua, pese a su esbeltez, merendaba y tomaba café como si fuera el último de su vida.

Con la pandemia todo fue a peor. Mandaron a los muchachos para la casa y si en la escuela apenas conseguía entender algo, los canales educativos no eran suficientes. Fueron largos meses recluidos, asustados, incómodos, sin socializar apenas pues la policía estaba muy dura, era comprensible si querían evitar contagios peores.

Pero imagínense, si no sacaba la secundaria, estaba embarcado. A bien poco podía aspirar, aunque viendo a los médicos de mensajeros de bancos de películas y repartiendo "El Paquete" o ingenieros vendiendo ilícitamente acceso a internet, la importancia de los estudios era muy relativa.

Inexcusablemente, al menos, tenía que sacarse la secundaria, estaba más que decidido.

La reunión era en la dirección, pero experta como era en esos lances, pasó por el aula a ver a la maestra. La joven estaba visiblemente nerviosa y le aseguró que no sabía la razón de la citación, pero podía inferir que estaba relacionado con algo de la disciplina, sin precisar detalles.

Miró a su hijo y un parpadeo bastó para formular una pregunta silenciosa: ¡¡¡¿¿¿En que lío te has metido… Ahora que hiciste mijito???!!!

El interpelado respondió con la mejor de sus expresiones mímicas, puso cara de yo no fui y no tengo ni idea y encogió los hombros como si llevara una mochila llena de ladrillos.

No quiso perder más tiempo y se dirigió a la oficina de la directora. Armada de valor para formarle tremendo escándalo a la mujer si emitía alguna acusación en su contra.

Era alta, negra como una noche sin luna ni estrellas, vestía elegantemente y cuando habló sonó muy educada, tanto que la desarmó parcialmente.

—Mamá, la hice venir porque estoy muy preocupada por su hijo. Ya está en el último año, pero hay cosas que…

Hizo un esfuerzo por controlarse y esperó, asustada pero en control de sus emociones. Inspiró sin emitir palabra, alargando el tiempo pacientemente para que la directora continuara.

Sabía perfectamente los problemas de su hijo. El peor de todos era que no le gustaba la escuela, independientemente de sus limitaciones, no le gustaba.

Todos los días era una verdadera tragedia llevarlo, pese a las promesas de que irían al mediodía a llevarle merienda y así no tendría que comerse el pan con pasta de ave... averigua de que era la pasta... que bajo el eufemismo de "merienda fuerte" Fidel dejó establecida antes de morir.

A veces era una loncha de jamonada de sabor mixto: pescado, soya, pollo, carne de cerdo, en fin, de difícil cata aun para experimentados chefs o delicado manjar para estómagos como el de su hermano, que pedía le guardaran la mortadela, la pasaba por el sartén y comía con verdadera pasión. El olor nauseabundo se resistía a la brisa y permanecía en la casa casi como el del tostado de café que su madre hacía por la madrugada para no levantar sospechas.

—Yo sé que usted es una madre muy preocupada, la veo todos los días en la escuela y conozco del apoyo que recibe su hijo por parte de la maestra.— Pero hay cosas... Fíjese que me subió la presión y me tuvieron que llevar al policlínico, pues vino una comisión de la provincia a revisar los exámenes y yo estaba presente.

Ya le dio una pista. Seguro que había notado las diferencias de las letras, pues a veces a su hijo se le olvidaba borrar y escribir con la suya lo que la maestra diligentemente le copiaba. La idea no era que sacara cien puntos, pues todos lo conocían, con el aprobado bastaba.

—Mire compañera directora— escogió bien el tono, ecuánime, delicado, educado— yo le juro que es un malentendido, mi hijo no es el mejor alumno, pero yo necesito que termine sus estudios secundarios y por eso es posible que...

La directora la interrumpió con un gesto y en silencio le extendió el examen.

Entonces pudo leer:

Pregunta 1.

Exponga su opinión sobre la Base Naval de Guantánamo, territorio ocupado ilegalmente por los Estados Unidos en Cuba.

Respuesta: Yo pienso que es una buena cosa, pues eso beneficia la economía de nuestro país, con el bloqueo, pues los americanos son muy buenas personas y ayudan a construir el socialismo...

Optó por no seguir, casi incapaz de controlarse, respirando entrecortadamente pasó a la otra pregunta:

Pregunta 2.

Mencione tres expedicionarios del yate Granma.

Respuesta: Machado Ventura, Celia Sánchez y José Martí.

La vista se le nubló y sintió una náusea profunda. Para entonces sudaba a mares y de repente... comenzó a reírse.

A los treinta segundos se le unió la directora y estuvieron así por casi dos minutos.

Cervantinos

Estaba muy molesta. Apartando su arrogancia, tenía razones. Llegó a la casa echando chispas y discutiendo con todo el mundo. La despojaron de su trayectoria perfecta y de forma absolutamente injusta.

Los estudiantes reunían puntos por varias razones. Esto les daba un nivel sobre 100 donde entraban las notas académicas, comportamiento y actitud ante las diferentes tareas que se le asignaban. Idoneidad era la aspiración casi obligatoria para formar parte de una élite de máximas calificaciones.

—A ver, serénate y cuéntame que sucedió —. limonada de por medio y sentada frente al ventilador con el abuelo y la abuela, pues la madre estaba trabajando.

—Discutí con la profesora de español, pues escribió una palabra con falta de ortografía en la pizarra y… no se la iba a dejar pasar, con lo sangrona que es —explotó vociferando visiblemente alterada.

—Bueno —el abuelo bajó más la voz—. Seguro que tiene solución. Recuerda que la revolución está haciendo un gran esfuerzo en la educación de la juventud, pero a cualquier buen escribano se le va un borrón. Además, la profesora es joven...

Lo fulminó con la mirada y el gesto torcido.

—Estoy segura, segurísima, que la escribió mal, pero ella no lo quiso reconocer, me expulsó del aula y por lo tanto, he perdido mi idoneidad... ahhhhh...

La idoneidad garantizaba, bajo presión claro, que los alumnos no sólo se preocuparan por tener buenas calificaciones, sino una actitud y compromiso acorde con las exigencias de la revolución, o lo que es lo mismo, si eres revolucionario activo, tienes opciones, de lo contrario...

La universidad es para los revolucionarios.

—Mijita, te hemos dicho cien veces que debes ser más discreta —la abuela intentaba conciliar—. A los maestros no les gusta ser corregido, menos en medio de la clase, delante de todos. Ni a ti misma te gusta que te señalen cuando te equivocas y te pones pesadísima.

—¡No me entienden! Como siempre, todos tienen la razón menos yo—. Se acabó la limonada de un sorbo y salió de la habitación dando por terminada la conversación.

Los abuelos se miraron consternados y estuvieron en silencio unos segundos.

—¿Qué vamos a hacer? —preguntó la abuela.

—No te preocupes, yo iré a la escuela y hablaré directamente con la directora. Ella me conoce, sabe perfectamente quienes somos y es militante del partido.

—Pero si la presionas, la puede coger con la chiquita y entonces será peor el remedio que la enfermedad —y añadió—. Recuerda lo que sucedió con tu sobrina, fueron a reclamar una nota y le desgraciaron la vida.

El gesto de inconformidad del abuelo fue suficiente para detener la dirección que estaba tomando la conversación. Su mujer sabía que cualquier imperfección atribuible al sistema lo crispaba.

24

—Iré cuando venga del trabajo —confirmó de esta forma que pensaba hacer uso de su grado militar y así presionar indirectamente al personal—. Además si cometió el error, pediré que le pregunten a los demás estudiantes y elevar una queja directa al municipio, a la escuela eso le puede traer problemas, seguro lo saben.

—Bueno, haz lo que tengas que hacer. Si pierde la idoneidad tendrá menos opciones de entrar al pre y mantener sus notas perfectas.

La jovencita regresó al salón, bastante más calmada, como si nada hubiera pasado.

—¿No sé qué quieren de nosotros? —pasó de la ira a la depresión en un pispas—. La pandemia nos tiene locos, los maestros emergentes por un lado, las teleclases por otro, meses sin ir a la escuela, pero nos siguen presionando...estoy *cansá*...y ahora, para colmo de males, puede que no me den el Pre...

—Exageras...

Entonces, la abuela preguntó:

—Hija, ¿cuál fue el error ortográfico?

—Escribió en la pizarra HERRADURA, con H...¿se dan cuenta de la burrada?

Normativa

Durante varias horas discutieron sin cuartel y aquello apuntaba terminar como la fiesta del Guatao. Los ánimos se caldearon al máximo y lo peor es que cada quien tenía una idea diferente y no estaba dispuesto a conceder ni un ápice de viabilidad a otra propuesta que no fuera la suya. Cualquier similitud con una votación para elegir Papa era pura coincidencia y las fumatas negras se sucedían desesperanzadoras.

Estaban reunidos en un salón que disponía el hotel Meliá Cohiba para ser usado por los extranjeros que necesitaban encontrarse en un ambiente tranquilo con sus homólogos cubanos. El ministro lo dejó claro: quiero soluciones inteligentes y prácticas.

Las puertas se abrieron silenciosas y dos mujeres entraron con bandejas repletas de refrigerios. Enseguida terminaron los gritos y la pelea pasó de las ideas a la merienda.

Apurados por coger el jamón serrano, el queso manchego y los panecillos recién horneados. Engullían desesperados, mirándose a hurtadillas de forma poco cívica.

Refrescos de naranja y mango complementaron el banquete que duró menos de cinco minutos en la mesa.

Las dos muchachas los miraban entre escandalizadas y avergonzadas.

Claro, para ellas era fácil dárselas de finas, trabajaban allí y comían todos los días lo que sobraba, o lo que a veces dejaban los clientes. Un *filet mignon* sin tocar ¿botarlo a la basura? Por favor...

Ese lo envolvían y pasaban por la puerta en forma de íntima, hubiese período o no. Los custodios no tocaban esas partes y si algún comemierda lo hacía, se encontraría con una masa que, en textura, guardaba cierta relación con la almohadilla sanitaria.

Hubo un par de minutos de paz, mientras volvían a sus puestos con la barriga llena, luego de comer lo que estaba vedado para la mayoría del pueblo.

¡¡¡Al que le tocó, le tocó!!! A llorar al parque.

Las dos chicas regresaron con café expreso, espumoso, impregnando la estancia.

La digestión planeaba amenazadora.

Pero barriga llena, cerebro produciendo.

—Compañeros, se me ha ocurrido una idea que puede resolver nuestros problemas —dijo uno de ellos.— Como todos sabemos la pandemia está afectando duramente la economía y no es un problema de Cuba, el mundo entero se lo está sintiendo.

Se hizo silencio, dando un margen de tiempo al iluminado del día. Estaban cansados, además, para cada uno de ellos la reunión ya había cumplido sus objetivos: almuerzo y merienda en el Meliá.

Pero faltaba la solución, una propuesta a la altura del nivel del grupo, que justificara su estancia en cierto estrato socieconómico y político de la pirámide.

Retomó el hilo conductor de su genialidad.

—La cuarentena nos está ayudando, pensemos que hemos conseguido ahorrar combustible, pues al limitar el transporte público y la electricidad por los centros que están cerrados, que son muchos, tenemos una leve disponiblidad que redunda en menores cortes de la red eléctrica nacional y sobre todo en La Habana —se estaba dando importancia al enumerar aquellos logros.

—¿Pero y la producción? —preguntó el delegado de una provincia.

—¿Qué producción, a que rublo se refiere? —inquirió otro.

—Si no hay trabajo, nuestra economía retrocederá, eso no puede ser bueno —la dirigente que tomó la palabra desarrolló su argumento—. Fábricas, talleres, empresas enteras cerradas, por no hablar de otros lugares que tienen la plantilla en sus casas, los niños se van a atrasar, las escuelas, el mantenimiento...

—Todo eso, compañera, está sucediendo en los países más desarrollados, comenzando por Estados Unidos y China. Hay ciudades enteras cerradas, y esa pobre gente no tiene a la revolución para cuidarlos —subió la voz y puso especial énfasis en la última oración—. Lo principal es cuidar al pueblo y por eso he estado meditando mucho en una solución que nos permita recuperar más divisa...

—Compañero, por favor, tenemos cosas que hacer —siempre hay un desesperado que rompe el encanto y la intriga.

—Creo que debemos sustituir la normativa vigente —engoló la voz, era su momento de gloria—. Sustituir la norma de productos que venimos aplicando en lugar de por persona...por tarjeta de MLC.

El silencio retumbó en la estancia durante un par de minutos. Todos quedaron boquiabiertos con la genialidad.

—Claroooo...de esta forma conseguiremos... —pero lo interrumpieron.

—Controlar más la divisa...

—Y a quienes la tienen...

—Abrir la posibilidad de más gasto, pues si dos tienen tarjetas en una casa...

Caduceo

La doctora estaba visiblemente molesta. Durante treinta años de trayectoria laboral había pasado por muchas cosas, pero el horizonte no se despejaba. Cada día más ensombrecido.

Podía asimilar discusiones sobre índices porcentuales, diferencias entre los nacidos vivos y los que morían a los pocos días, pues al final, el esfuerzo por salvar vidas era lo que contaba.

Nunca aceptó cargos directivos, tampoco era militante del Partido, pues consideraba que eso comprometería mucho su capacidad de decisión y trabajo en general. Además, eran responsabilidades con cargas horarias añadidas, y el tiempo que necesitaba para relajarse, estudiar y pensar, se reducía de forma ostensible.

Nadie podía obligarla a cambiar un diagnóstico ni a inflar o desinflar estadísticas, según conviniera a los intereses del Ministerio de Salud Pública.

Sencillamente no.

No aceptó salir de misión pese a las promesas de dólares y contenedores llenos de cosas que algunos de sus colegas traían a casa y que paliaban en alguna medida la escasez que traspasaba la miseria.

Tampoco tenía una actitud en contra del sistema. Ni los puso, ni le correspondía quitarlos. Intuía que al hacerlo estaba firmando capitulaciones a las que no estaba dispuesta.

Con las de Santa Fe ya valía. Su abuelo siempre decía que descendían del Gran Almirante y guardaba papeles que alguna vez Eusebio Leal le quiso comprar, pero ella prefirió retenerlos.

No le tocaba ni un micro fragmento de lo pactado en 1492.

La agudeza clínica fue sustituyendo los necesarios ultrasonidos, análisis, ecocardiogramas y otras herramientas de diagnóstico, pero estaba satisfecha con los resultados. En medio de una escasez casi insostenible, sus pacientes salían adelante y los tenía controlados.

La disponibilidad de medicamentos era otra cosa, quizás lo que más la exasperaba, sin dudas.

Sustituir los betabloqueadores por comida sana, ejercicios, chequeo permanente o disminución de la cafeína era inviable en Cuba, pero luchaba con ello a diario.

Vigilar como si fueran familia a los fumadores, discutir con ellos casi a diario, no prevenía el cáncer, pero en algunos casos, logró que bajaran el consumo. Recetando tilo para la abstinencia y amenazando con muertes horribles.

Lo mismo con el alcohol. Hasta un hígado de alcohólico tenía en formol en la consulta y se lo enseñaba a los bebedores junto a otro sano. Solía ser bastante impactante y más de uno se aconsejó.

Y entonces, en medio de tanto desabastecimiento llegó la sarna. Brotes en todos los barrios, pues la insalubridad y falta de higiene estaba a niveles nunca vistos, epidémicos.

Baños calientes con hojas de guayaba, hervir la ropa diariamente (extensible a la de cama) y airear las casas no conseguían detener la infección, que se propagaba como el polvo.

—Doctora, por su madre, ya no sé que hacer con ella — la mujer traía en brazos a una bebé de escasos tres meses de nacida—. Esto cada día va a peor, fíjese...

Acto seguido destapó a la bebita. La doctora palideció pese al esfuerzo por mantenerse ecuánime. La niña estaba cubierta de llagas que supuraban y el pobre angelito apenas tenía fuerzas para llorar.

Sin pensarlo dos veces, le dijo.

—Deme un minuto, cierro la consulta y nos vamos en mi carro para el hospital.

La ambulancia era un vago recuerdo y sabía que la niña tenía una infección generalizada que a esas alturas debía estar en sangre. La fiebre alta definía era un indicador más que suficiente.

Intentó arrancar varias veces el destartalado Lada...y entonces cayó en cuenta de que desde hacía varios días su carro no tenía gasolina. Tan abrumada estaba que olvidó ese detalle tan común.

Las dos mujeres se lanzaron al medio de la calle y consiguieron que un hombre que transitaba en bicicleta se detuviera.

—¿Qué pasa, están locas? Por poquitico las arrollo.

—Por favor —la doctora jadeaba en medio del calor—. ¿Podría llevarlos hasta el hospital? La niña esta muy malita...

—Claro, claro, venga señora, cargue a la niña y póngala entre nosotros, hace poco puse la parrilla nueva, está fuerte, no tenga miedo.

La doctora se quedó sola, en medio de la calle, mientras escuchaba como el ambulanciero improvisado gritaba desaforado pidiendo paso.

Se quedó sin fuerzas y cuando recobró el sentido, se vio en su consultorio. La asistente y varios pacientes la abanicaban, preocupados.

Un vaso de agua con azúcar prieta repuso los niveles de glucosa. Entonces escuchó que la asistente le explicaba a los demás:

—Hace varios días apenas se alimenta, y a tilitos y cañasanta… no hay quien viva, caballero…

La solución

En Cuba cualquiera tiene una ingeniería, es economista, licenciado, máster o doctor. Aunque el cubano era inventor por naturaleza, la necesidad agudizaba la capacidad de encontrar soluciones inesperadas en medio de la compleja situación por la que atravesaba el país, en pleno proceso de reordenamiento monetario.

Eliminar el CUC era casi tan acertado como crearlo, un caos por donde quiera que se lo mirara. Pero el gobierno revolucionario sabía lo que hacía.

El dólar que entraba por las remesas familiares, era cambiado por el CUC, y aquí entraba el primer gravámen: el 10 % ya se perdía en esta inevitable transacción. O sea, de un dólar que mandaban, el gobierno se quedaba con 10 centavos. Así, por real decreto.

El tumbe estaba garantizado.

Este tipo de medida seguía avalándose con pretextos que pasaron desde comprar leche en polvo para los niños, a cubrir las necesidades del país en cualquier sector.

Pero el gobierno revolucionario sabía lo que hacía.

Era una guerra que duraba sesenta años.

El campo de batalla era el mismo.

Pero ahora la tuerca dio un giro más, para apretar. Los precios en las tiendas, inflados a más de un trescientos por ciento de su costo original. Absolutamente fuera de la capacidad adquisitiva de la mayoría del pueblo.

Quitar el CUC implicaba ir reduciendo las mercancías en las tiendas donde se compraba con esta moneda, que se quedaron con agua y refrescos, pollo y alguna cosilla que llegaba de forma intermitente.

La moneda dejó de circular. Ya no se podía comprar en las tiendas abastecidas en MLC, sino con tarjeta magnética. El trámite para obtenerla era dantesco, pero como el cubano está acostumbrado a esos lances, muchas familias la conseguían.

Estas medidas casi acabaron con las formas alternativas para obtener ganancias ilícitas por parte de las personas que trabajan en las tiendas. Las motivaciones se vinieron al suelo y el nivel de estrés de la población subió dramáticamente. Y... llegó la pandemia.

El turismo se acabó de un día para otro. Miles de trabajadores fueron enviados a sus casas. Daba igual que fueras chef o dependienta de tienda.

Terrible.

—Ellos no pueden ser más inteligentes que nosotros.

—Bueno, por el momento, nos han dado duro.

El administrador de la tienda conversaba con dos de sus trabajadores, una mujer de cincuenta y pocos años y un jovencito recién graduado de la UCI.

En ese momento llegó la cuarta pata de la mesa, una dependienta reorientada y reubicada del policlínico, donde ejercía como psicóloga tras obtener su máster en la disciplina.

—Somos cuatro, caballero, algo se nos tiene que ocurrir —aseguró el administrador.

—Siempre encontramos soluciones, aunque ahora mismo *la han tirado dura y afuera* —dijo el administrador en tono áspero, en el argot del beisbol—, cuenta lo que se te ha ocurrido.

La improvisación y utilización de los conocimientos adquiridos eran de aplicación universal, como es lógico pensar. Luego, el típico invento del cubano podía rozar niveles que harían palidecer de envidia y vergüenza a cualquier directivo de Silicon Valley.

—Yo creo que puedo jaquear el sistema de inventario para que en los reportes nos quede mercancía que no se contabilice, sería dinero limpio —expuso el informático—. Se bajarían aquí dos cajas de jabón, por ejemplo, pero cuando suban eso al sistema, yo quito una y eso es lo que cuenta…luego si hacen auditoría, no hay merma. Los papeles de los que mueven la mercancía la mayoría se mojan y se pierden, lo que importa, repito, es lo que hay en la base de datos.

—Esa está duraaaaa…

—¿Podrían rastrearte? —quiso saber el administrador.

—Que va compadre —respondió riéndose—. Deje de ver películas americanas.

—No te hagas, que la policía tiene sus métodos —terció la psicóloga.

—Lo que no tenemos es que ser *gandíos* —repuso— si somos inteligentes, con el descontrol que tienen, nunca se van a enterar. Si desfalcamos los almacenes… pues claro. Además, yo lo haría desde el Joven Club, lo que hace imposible definir responsabilidades, vaya, no pueden probarlo.

—Recuerda que aquí te condenan por convicción… no hace falta pruebas.

—Que me lo digan a mí —la cincuentona dio un respingo.

—Bueno mi amiga, es que a ti te cogieron con las manos en la masa —la psicóloga se encogió de hombros.

—Pero, ¿se dieron cuenta? —repuso orgullosa—. No *chivatié* a nadie, me tragué solita mis secretos y ni en Villa Marista pudieron sacarme nada…

—Bueno, mejor olvidemos esos malos recuerdos y concentrémonos —el administrador pretendía detener la escalada, pues sabía a donde podía conducir aquella discusión.

—Estamos en el mismo barco, en medio de un ciclón y a punto de hundirse —el joven informático siempre buscaba la forma de alegrarlos.

No hubo risas, pero el chiste distendió los ánimos.

—¿Qué hacemos con el carrero? —preguntó la psicóloga.

—No tiene porque enterarse, uno menos. Los cambian constantemente y no son confiables, no como nosotros que llevamos cinco años aquí, luchando —el tono del administrador invitaba al compromiso.

—Entonces ¿lo hago?

El susurro en que se mantenía la charla dio paso al silencio cómplice.

—Métele mano —y mirando a las dos mujeres puntualizó—. Ustedes mantengan la misma dinámica… el que tenga cara de comemierda, le meten artículos de más cuando pasen por la caja y vamos acumulando… el comprador pasa todos los días. Seguimos repartiendo de la misma forma, una parte en productos y la otra en dinero…

Filosofía

Tigre... lo que le pasó a los rusos en Chernobil fue por brutos y cabeziduros —expuso fríamente, en tono tajante, del que se las sabe todas—. Lo taparon y eso mató a muchos y enfermó a más, hasta que la nube radioactiva no llegó a Europa, que ya no tuvieron alternativa y lo informaron.

—Ahhhh... Porque ahora eres físico nuclear —la burla era cosustancial a cualquier charla.

—No comas mierda chico, es en serio —abanicó el aire con su manoteo típico—. Eso no nos puede suceder a nosotros. Debemos responder en la misma medida que suceden las cosas, en tiempo real, para eso tenemos a decenas de miles de personas en la calle.

—Hay que hilar fino para que la cosa no se desborde, yo les puedo decir que la gente está que arde —el que habló era un hombre que frisaba los cincuenta años, bajito, de pelo muy negro, facciones finas y con unas cuantas libras de más. La guayabera protestaba dramáticamente, sobretodo los botones de la región abdominal.

—Eso lo entendemos todos, pero tampoco podemos permitir que a la gente se le olvide que somos el pueblo —. la mujer se reclinó en su asiento y observó a cada uno de los reunidos.

—Muy cierto, las fronteras tienen que estar muy claras, de eso depende todo —concordó el gordo.

—El viceministro ha dado las indicaciones precisas, eso seguro que bajó del Consejo de Estado ¿qué podemos hacer nosotros? —inquirió otra mujer, mulata, alta, vestida de forma inmaculada. Pese a sus años, era muy hermosa. Tambien dirigía la FMC.

Su misión era detectar cualquier brecha ideológica, cualquier signo de inconformidad que pudiera germinar y convertirse en una candela. Era dogmática y una acérrima defensora del sistema que no dudaba de su eficacia y funcionalidad. Todos lo sabían, así que se cuidaban de hablar delante de ella, y cuando era inevitable, escogían muy bien cada palabra y su tono.

Todos gozaban de ciertas prerogativas por sus puestos pero estaban al tanto de que eso podía cambiar en un segundo. Las defenestraciones en Cuba, mejor dicho, los explotes, estaban a la orden del día.

No importaba lo bueno hubieras sido en tu vida anterior ¿Te equivocaste? El palo venía más duro y lo que antes te distinguía como ciudadano y militante, se movía en tu contra.

Eran agravantes.

Casi comparable con la traición.

El país era un caos, pero contra toda lógica, se mantenían en el poder y eran capaces de inventar nuevas fórmulas para extender la agonía. Por supuesto, estos mecanismos pasaban por el sacrificio del pueblo, que debía permanecer casi impasible. El dirigente de turno, desconocido hasta que se convirtió en portavoz del reordenamiento, admitía como un mal necesario la inflación y el descontrol de los precios en el mercado estatal y negro, que se mimetizaban y emulaban para desesperación de los cubanos.

—De todas formas debemos dar nuestro criterio, tratar de ser unánimes —dijo la mulata.

—No debemos apresurarnos, el ministro habla hoy en la Mesa Redonda, asumo que los cambios sean progresivos...

—¿Progresivos? —preguntó otra de las dirigentes.

—No se hagan ilusiones, las cosas ya están decididas, repito.

—Entonces, yo creo que está claro. Debemos levantar acta dando nuestro apoyo irrestricto a los nuevos precios—el tono no daba margen a equívoco, la mulata se imponía.

—Pero... —el gordo balbuceaba inconexo.

—¿Alguna duda? —preguntó el que comenzó la charla.

—Tigre, es insensato —intensidad en el ambiente, sólo faltaba la música a lo Hitchcock.

—¿Por qué dice eso compañero?

—A ver, según mis cáculos, la canasta básica pasará de unos pocos cientos a mil quinientos ochenta y cinco pesos, para un núcleo de dos personas. La electricidad... lo mismo, a casi tres mil pesos sin aire acondicionado. La balita de gas...ciento ochenta pesos. ¿de dónde va a salir tanto dinero? —el pobre hombre sudaba copiosamente y la guayabera azul intenso, mostraba sendas manchas en las axilas.

—¿Acaso opina que la dirección de Partido no hizo esos cálculos? —inquirió otra mujer, que había permanecido en silencio.

—Estoy seguro que así fue, pero quienes lo hicieron no tomaron en cuenta que una parte importante de la población laboralmente activa no tiene trabajo. Los sueldos suben, pero los precios lo hacen por encima de lo razonable, entonces, todo queda igual, o peor.

—¿Y cuál es el problema?

Mutismo por respuesta.

—Parece mentira compañero, si no fuera porque lo conozco pensaría que está dejando de creer en la revolución —amenaza velada.

—¡¡¡Eso nuncaaaaaa!!!

—¿Acaso olvida usted que este plan se trazó sobre la base de la divisa que ingresa al país por concepto de remesas familiares?

Paramecio

L e jodía muchísmo el nombretico, pero si mostraba sus sentimientos, estaba perdido. Los niños son de una crueldad tremenda que puede llegar al martirio. Ahora le dicen *bullying*, pero en su epoca se conocía por un nombre mucho más fácil: abuso.

El caso es que fueron pasando los años pero su nombrete tenía vida propia, peor que la sombra de Peter Pan. Cada vez que se encontraba con un viejo amigo... se lo sonaba sin contemplaciones. Los menos crueles lo acortaban cariñosamente: *que bolá Para.*

La chanza comenzó por su cuerpo. Era de los gorditos que son abultados por el ecuador y alargado por los polos. Como los paramecios. No llegaba a ser un masa boba, pero andaba cerca, además, lo de masa boba, no prendió en el imaginario de los pioneritos, sus compañeritos de vida.

Estudió una carrera que no tenía nada que ver con microorganismos, le daban igual las matematicas o la física, pero biología, eso no, por ahí no entraba. Se inclinó por el magisterio, pues de historiador era más dificil vivir que de maestro.

No le iba mal, entre su sueldo y lo que se ganaba repasando en tiempo extra a los muchachos compensaba en alguna medida la debilidad de sus ingresos.

Pero llegó la COVID.

Se le acabaron los repasos y las clases personales. Sin embargo, sus necesidades lejos de disminuir, aumentaron y la alternativa la encontró en la construcción y restauración. Era habilidoso y muy curioso para hacer trabajos manuales.

Por suerte la pubertad lo emparejó un poco y ahora, quince años después, tenía una esposa fantástica y un hijo que a sus diez años lo hacía feliz.

Pero era una responsabilidad tremenda y desde el punto de vista económico un reto extraordinario. Se compensaba siempre al hacer un balance y constatar la felicidad más allá de la precariedad material.

Meditaba en todo eso adormecido por el ronroneo del ventilador, en una semivigilia que no lo dejaba recuperarse. Esas noches apenas conciliaba el sueño. Se tenía que levantar a las tres para salir para la cola y garantizar algunas cosillas que sólo podía comprar en Moneda Libremente Convertible, el nunca bien ponderado MLC, los nuevamente famosos dólares.

Los amigos de la familia que vivían en el extranjero ocasionalmente les enviaban dinero que les permitía adquirir productos vetados en moneda nacional.

A las tres en punto detuvo el reloj, antes de que sonara la alarma. Su esposa no lo sintió levantarse y la besó en la mejilla suavemente.

A las tres y cinco de la madrugada, sintiendo el frescor de la brisa, bajó por la calle Infanta en busca del Malecón. El tramo hasta el río Almendares apenas se le hizo cansón, pues el olor del mar y la tranquilidad de la calle a esa hora, funcionaban como un bálsamo. No podía divisar la línea del horizonte, pero sabía que permanecía inalterable, omnipresente pese al movimiento de las olas.

Cruzó por el puente de Hierro y llegó a su destino.

Hizo el 228 en la cola de la tienda.

Le ponían un brazalete indicativo, pues la policía tenía bien controlado el orden. Se apartó un poco de la tienda, desamarró un artefacto que llevaba en la parrilla y que resultó ser una cómoda sillita plegable. Extrajo el termo de la mochila y tomó el primer sorbo de cañasanta, infusión que su esposa le dejó preparada la noche anterior y que gracias a la donación de esos amigos en el extranjero, se mantenía hirviendo.

Paladeó la bebida con gusto y una ola de ternura invadió todos sus sentidos. A su esposa no se le escapaba un detalle.

Sobre las seis se le acercó el primer revendedor.

—Loco, puedo *mejoral* eso que tiene —dijo en voz baja, sin establecer contacto visual, preocupado por mantener ubicado a los policías.

Se ató las correas de su armadura para conseguir emparejarse con el personaje que le hacía la propuesta. El lenguaje era fundamental para camuflarse y parecer uno de ellos.

—¿Cómo se llama?

—*Pa ti...polque te conozco,* te lo *boy a dejal* en 15 *fulantine.*

—Salvaje, ahí no llego...pero no hay lío, otra vez será.

—Tigre...*no has a cojel ni pal chiqle*...te lo digo yoooo...

—Ufff, me toca joderme y esperar, es que estoy *escachao.*

La charla quedó zanjada.

El revendedor de turnos continuó su investigación sigilosamente, moviéndose por toda la cuadra de la tienda y las adyacentes, pues la policía tenía prohibido amolotarse, por aquello de mantener la distancia social.

A las ocho abrieron la tienda.

A las tres de la tarde, ya se había tomado toda la cañasanta y el agua que tenía en el pepino comenzaba a condensarse irremediablemente.

Entonces... llamaron su número.

El aire acondicionado lo revivió. Se detuvo un minuto para cambiar el régimen gaseoso de sus pulmones y gradualmente dejó de boquear como un pescado en tarima.

Compró un paquete de detergente, una botella de aceite, desodorante y dos cajas de macarrones. Hizo su colita, todo muy bien organizado y cuando llegó a la caja contadora, y para su desgracia, la muchacha no conseguía pasar su tarjeta.

—Me da tremenda pena con usted pero el *poss* no funciona —el tono no daba margen a dudas—. Deje la mercancía y vaya mañana al banco para que le reintegren su dinero.

¿Protestar?

No tenía fuerzas y sabía que era por gusto. Era como la quinta vez que le sucedía. Un par de veces se fue la luz. Ahora tocaba ir al banco tres o cuatro días, colas similares y con buena suerte, su dinero volvía a la tarjeta.

Montó en su bicileta y al doblar la esquina reconoció al revendedor que le daba dinero de forma oculta a otro hombre. Identificó a uno de los policías ya vestido de civil.

El revendedor lo vio, agitó el brazo y le gritó:

—Paramecioooooo...te lo dijeeeeee.

La decisión

La sesión comenzó con la solemnidad típica. Desde los tiempos del gran líder todos se sentaban sin mirarse ni hablar, meditando cada palabra, y hablando en caso que fueran increpados o interrogados directamente.

No estaba permitido hacer uso de la palabra, así de sencillo, si no era conminado a ello.

El nuevo líder mantenía un tono de voz muy bajo, casi ronco, gutural. Tenía un entonema desagradable, vulgar. No repetía, lo que implicaba máxima atención y desasosiego para los más alejados en la mesa, que se arriesgaban a no escuchar y por supuesto, el miedo se les metía en el cuerpo.

Sin embargo, pocas veces gritaba o decía malas palabras. No era necesario, pero sucedía y entonces se levantaba y daba paseos por la habitación, despotricando, hasta que su ayudante personal entraba y le imploraba que se calmara.

El ministro de salud fue interrogado y respondió con presteza, sin consultar documentos, al instante.

—Entonces ¿considera que debemos aceptar? —quiso asegurarse el jefe.

—Como expresé anteriormente, se trata de una oportunidad que nos están brindando y que...

—Eso lo entendimos, pero quiero saber su opinión.

En buen cubano, estaba embarcado. Todo el peso de la decisión caería sobre sus espaldas. Si era acertada, unas palmaditas como premio, pero, si las cosas salían mal, ayyy mamá.

—En mi opinión podríamos comenzar a solucionar un problema que puede convertirse en algo grave, y no estoy pensando únicamente en los enfermos, y muertos —y se jugó su carta—, pensemos en la cantidad de divisa que estamos perdiendo pues el turismo está por el suelo...

—Concéntrese en lo suyo —interrumpió el líder.

—Bueno, el país...

—El país soy yo, como decía el Jefe, Cuba soy yo, no hable a nombre de los cubanos.

El ministro se quedó de piedra. Eran famosos aquellos *raspes* que daba el muerto pero no creía que el personaje que tenía enfrente los utilizara tan descaradamente.

Miró al ministro de turismo que desvió la mirada un nanosegundo, antes de que se cruzaran, anticipando el gesto. Se reafirmó en la certeza de que estaba solo, siempre era igual. No querían arriesgar.

—Como le decía, la iniciativa COVAX nos puede garantizar hasta 650000 vacunas a lo largo de los próximos meses. E irán incrementando...

—¿En qué posición nos pone esta supuesta generosidad del capitalismo? —preguntó.

—En principio...

—¿En principio? —subiendo el tono de voz—. Aquí necesitamos saber todo, de punta a cabo, así que afina.

—El costo no es un problema, pues la OMS garantiza cubrirlo, tampoco tenemos que tratar con las farmacéuticas, pues las donaciones se hacen directamente al fondo COVAX...

—Pero todo el mundo se va a enterar que nos donaron vacunas.

—La actividad de COVAX es de perfil público, como bien sabe usted, la OMS está detrás —el ministro esperó una reacción que no se produjo—. Evidentemente todos los estados afiliados tienen acceso, eso responde su pregunta.

—No es una pregunta, es una reflexión —corrigió el jefe—. La cosa es que si aceptamos ayuda, es porque la necesitamos. Sería admitir que nuestros candidatos vacunales no funcionan y eso conspiraría en contra del mercado en el futuro. Afectaría de forma inequívoca nuestro prestigio como potencia médica.

—En cualquier caso, no estamos en condiciones de colocar nuestras vacunas en el mercado, imposible hacer competencia a las grandes transnacionales...

—Nuestra cuota de mercado está garantizada —volvió a interrumpir—. Tenemos vendido todo lo que produzcamos y no nos interesa entrar en la competencia cruel y despiadada de los capitalistas. Es un tema de salud global. La fórmula funciona, materias primas por servicios de salud y no estamos en capacidad de arriesgar esa posibilidad.

Silencio en la sala.

Le ordenó a uno de sus ayudantes:

—Prepárenme un café, de los míos.

Su café, como le gustaba enfatizar para separarlo de los demás, era importado directamente de Indonesia. Probó el Black Ivory, pero no le gustó. Sin embargo, el de civeta se ajustó a su paladar.

Paladeó con deleite el aromático café y comentó riéndose:

—Esta es la mierda de gato mas rica del mundo y tambien la más cara, ochocientos dólares el kilogramo —fanfarroneaba mientras degustaba el último buchito.

Si los demás esperaban ser invitados, estaban equivocados. No era la hora de la merienda y no les tocaba. También marcaba distancias. Cada acción estaba orientada y encaminada a resaltar su posición.

—Bien —reanudó el interrogatorio—. ¿Para cuando estarán listos nuestros candidatos vacunales?

—Para el verano —respondió el ministro—. Tenemos más de 100 000 dosis en la fase tres y las líneas listas para comenzar la producción masiva.

—Siendo así, no tengo dudas —dictaminó—. Declinen la propuesta de COVAX, argumenten que dejaremos las vacunas para otros países más necesitados. Enfaticen que estamos en la fase tres de los ensayos y que esperamos tener a toda la población vacunada antes de septiembre. Por supuesto, agradezcan la deferencia y que exteriores se encargue del papeleo.

Salvamento y rescate

El escaso transporte que funcionaba estaba restringido. La dirección del país ponía su mayor esfuerzo en mantener confinado al pueblo, pues la pandemia podía salirse de control en pocos días.

Las imagenes de muchas ciudades eran más que elocuentes. Nueva York, colapsada y con muertos en pasillos y contenedores refrigerados daba pavor. Si a ellos se les escapó, ni que pensar lo que podría suceder aquí.

El cubano, que si no se la sabe, la inventa, especulaba que eso era para mantener a la gente separada y evitar manifestaciones derivadas de la escasez suscitada por el nuevo ordenamiento y lo que viene aparejado. Nada bueno para para la gente de a pie.

Pero la COVID-19 no era un invento. Al parecer lo que provocaba tanta mortalidad eran las afecciones crónicas. Dicho de otra forma, presión alta, diabetes, enfermedades del corazón, etc.

¿Quién en Cuba no padece de la presión?

El toque de queda comenzaba a las nueve de la noche, tras el cañonazo. Otrora avisando que la ciudad quedaba cerrada y ahora, confinada.

Las multas eran terroríficas, draconianas.

El reputado doctor da su parte diario. Infectados, graves, muertos y las mismas recomendaciones que repite a sabiendas de que la gente no entiende y respeta poco. Pero no hay de otra, es necesario el control epidemiológico, como suelen llamar a este tipo de actuación.

Eran casi las siete de la tarde y estaba poniéndose nervioso. La corriente de carros y personas comenzaba a languidecer y en la parada de la guagua tres o cuatro esperaban abotargados tras largas horas en la calle.

Fatigados por la desesperanza.

Repasó la cuadra buscando a los furtivos, fantasmas que aparecían en el momento oportuno, cuando llegaba la guagua y se imponían por la fuerza. Todo despejado.

Un camión avanzaba a velocidad normal y de repente, como por arte de magia, explotaron las gomas y dio un bandazo que lo volcó lateralmente.

Las puertas traseras se abrieron de par en par y... decenas de cartones de huevo se esparcieron por el asfalto.

Como salidos del aire, aparecieron mas de una decena de personas que se abalanzaron sobre aquel preciado y desaparecido manjar.

No lo pensó dos veces y corrió. Se hizo con tres cartones pero al intentar huir corriendo, resbaló con los huevos rotos y se fue de bruces. Quizás unos pocos resistieron el peso de sus doscientas libras. No se detuvo a contar y siguió corriendo.

El chofer del camión, ensangrentado, salió por sus propios pies, desorientado, incrédulo.

Era invisible.

Acto de valor

Siempre que un ser humano expone su vida, lo hace en contra de toda lógica biológica, pues la única forma de que la especie prevalezca es mantenerse vivo. Cuando el peligro de muerte se hace cotidiano, probable en una alta medida, entonces estamos hablando de cualidades únicas, que los distinguen en su humanismo.

Los médicos cubanos y de todo el mundo, que se están enfrentando a la pandemia del COVID-19 entrarían en ese grupo humano que arriesga el pellejo por los demás, algo encomiable y que desafía toda lógica.

—¿Tú crees? —preguntó la doctora.

—En mi opinión no debes hacerlo, las formas y los términos son muy importantes. Se supone que nuestro trabajo es salvar vidas, por eso somos médicos y no políticos —respondió su colega.

—Eso puedo entenderlo, pero siempre me ha mortificado mucho no poder decir las cosas por su nombre, aunque sea en la medida y los espacios adecuados, va contra mi naturaleza y el juramento que hice —replicó. Estaba muy enojada y asustada.

Los dos médicos charlaban en voz baja, apenas audible, pues las paredes del hospital tenían oídos, como solían decir. La avalancha de pacientes sospechosos de contraer la COVID-19 estaba fuera de toda medida.

La pandemia llegó para multiplicarse, tras varios meses no cedía, al contrario. Ni un solo medio de protección les había sido confiado. Los nasobucos eran de confección propia. La doctora se hizo un par, desarmando uno de sus dos ajustadores y aceptó de buena gana otros dos que le regaló su colega, que había reutilizado unas telas verdes del salón de operaciones.

Luego, al llegar a sus casas lavaban los nasobucos y planchaban para intentar que el coronavirus no los infectara, pues eran personas que frisaban los sesenta años y con varias enfermedades crónicas.

Amaneció en el hospital, como siempre. En la puerta la estaba esperando el primer secretario del PCC y luego del saludo de cortesía, la invitó a pasar a su oficina.

—Imagino que ya sabes porque estás aquí —torció la boca, sin poder evitar la mueca de desagrado—. Lo que has publicado atenta en contra de todas las normas e incluso ética que nos ha enseñado la revolución.

Incrédula la doctora guardó un par de minutos de silencio, tratando de discernir si era una provocación o el post publicado en Fecebook sobre las dos de la madrugada había llegado al hospital.

Se asustó y la ola de calor desatada por los químicos que secretaba su cerebro invadió todo su cuerpo.

Sin embargo, decidió esperar.

—¿Por qué? —y bajando la voz agregó—. Podrías haberme comunicado esas quejas. Nos conocemos hace muchos años y siempre he sido abierto contigo y con los demás. Estudiamos juntos, por favor.

—¿De verdad, es lo que se te ocurre preguntarme? — Los químicos ahora le producían un sentimiento de enfado que frisaba en la violencia—. ¿Cuántas veces te dije que estamos en peligro de muerte y que el hospital no nos ha entregado ni un nasobuco, que atendemos a los pacientes sin protección propia que nos pone en peligro de muerte y los podemos contaminar a ellos? ¿De verdad me estás diciendo que no te he pedido decenas de veces protección? Coño chico...

Optó por callar pues no quería incursionar en las descalificaciones y faltas de respeto. Nunca fue de esa clase de mujer. Pero aquello era el colmo. Apeló a todo el mundo, sindicato, federación, salud publica, a todos.

Sin embargo, las promesas nunca pasaron de eso... promesas. Era curioso, pues con emitirlas, se daba por zanjada la cuestión. Los dirigentes estaban tan embebidos en sus personajes, que pensaban que con decirlo, bastaba. Pero los elementos de protección, desde el jabón hasta las batas, no llegaban.

—Tú sabes que el control epidemiológico que estamos poniendo en práctica ha minimizado el impacto de la pandemia, nadie se nos ha infectado, ni médicos ni el personal de limpieza. Hacemos lo que podemos con los recursos que tenemos a mano y una vez más, vamos venciendo...

—No te permito que me arengues, no me lo merezco ni vas a conseguir nada con ese tipo de razonamiento ideológico. No te estamos hablando de los logros de la revolución, estamos tratando sobre la seguridad nuestra y de los pacientes —apenas podía contenerse.

—Pero el hipopclorito de sodio...

—¡Mira mis manos, míralas! —interrumpió desesperada mientras extendía las palmas de sus manos llenas de heridas y grietas—. No puedo ni lavarme la cara, ni que hablar que cada una de estas grietas son puertas de entrada y yo vivo con mis padres, de ochenta años y enfermos, como tú bien sabes. Tengo pánico que se vayan a contagiar por mi culpa.

Comenzó a faltarle el aire por la excitación y optó por guardar silencio. El secretario del partido hizo lo mismo. Dejó que pasaran esos momentos de tensión, pero tenía un cometido por cumplir.

—Sin embargo, lo que has publicado en Facebook no resuelve nada. Nos acusas de que si algo les ocurre es responsabilidad nuestra, del hospital, del partido —dijo bajando la voz, para serenarla—. Ellos no mandarán una donación para nosotros.

—Al menos me desahogué...

—Pues si no estás dispuesta a sacrificarte, como juraste una vez y temes morir por salvar la vida de tus pacientes, la dirección del hospital ha tomado la decisión de que no formes parte de nuestro aguerrido colectivo, con efecto inmediato. Además elevaremos una queja formal a la dirección del MINSAP recomendando se te inhabilite.

Pensó que se iba a desmayar y por eso no se levantó inmediatamente, siguiendo las indicaciones del dirigente, que dio la conversación por terminada y abrió la puerta invitándola a salir.

Neo

A veces es difícil encontrar a alguien para charlar tranquilamente. Sin embargo, cuando los temas son de índole política o social, las distancias pueden ser insalvables.

—¿En la vida real, tu crees que él sabe de lo que está hablando?

—Coño, quiero pensar que sí, compadre. Nosotros somos profesores del Pedagógico, hemos leído bastante y lo sabemos. Lo han preparado durante muchos años, escuelas del partido, asambleas, cursos especiales, formaciones en el extranjero —respondió el interpelado sacudiendo la cabeza y sonriendo nerviosamente.

—Entonces no nos queda más que admitir que nos manipula y se ríe de nosotros —añadió—, puedo entender que el Liberalismo y el Comunismo son conceptos bien diferenciados y opuesto, en política y filosofía, pero de ahí a meter el *neo* y distorsionarlo completamente...

—¿Crees que eso es importante para alguien?

—Debe serlo, pues cuando sale hablando por la televisión, no lo hace para ignorantes ni personas analfabetas —respondió conteniéndose—, no es lo que dicen del pueblo, entre las conquistas de la revolución el nivel cultural y educación se ponen siempre en primer lugar, aparte de la salud.

—Pero va un tramo, colega, va un tramo—. bajó la voz, y dijo pausadamente—. Saben que todo es una gran mentira.

Tal y como esperaba sobrevino el silencio.

Quedaron abatidos, exhaustos. Ya lo estaban antes de la charla. Optó por servir un trago del ron que le compró el sobrino que estaba de visita desde Noruega y lo paladeó largo y tendido, dejando que impregnara bien la boca antes de tragarlo.

—Está buenísimo y pensar que este roncito Santiago era malísimo.

—Pero este añejo es una maravilla, once años, el mismo tiempo que hace que no lo tomaba —comentó ácido.

Ambos rieron con la ocurrencia y el alcohol, con su doble influencia de placebo y química, los entonó.

—El liberalismo no es lo que pregona, ni desde el punto de vista filosófico, político ni económico —sentenció, lapidario.

—El tema es que todo lo que se oponga a las ideas socialistas y comunistas, es malo, negativo y no tiene lugar en una sociedad como la nuestra.

—Es cierto, si lo simplificamos en lo político, los liberales creen en la libertad individual, limitan los poderes del estado y todos los individuos son iguales ante la ley. Como doctrina económica prioriza el libre mercado y la propiedad privada y socialmente hablando enfatiza en la necesidad de la tolerancia...

—Estás citando a Locke casi de memoria —bromeó.

—Eso es, son dos ideas completamente diferentes, opuestas y por esa razón nuestro presidente siempre habla y compara los dos paradigmas, el nuestro como el mejor y el otro como el peor.

—Vayamos algo más profundo —propuso—. Es como intentar analizar el capitalismo actual de acuerdo a lo postulado por Smith y Ricardo e incluso, el socialismo tal y como lo soñó Marx. Han pasado casi dos siglos.

—Los movimientos sociales no son predecibles *per se,* eso sería ignorar la capacidad transformadora del ser humano, reducir el impacto de las contradicciones y por lo tanto desligarlas de su innata capacidad de generar cambios —dijo.

—Los sistemas de gobierno democráticos actuales no pueden ignorar al individuo. En todos los países democráticos las votaciones, o sea, los individuos eligen a quienes los gobiernan y también expulsan del poder cuando no cumplen sus promesas, vamos, no los eligen nuevamente.

—Noté que dijiste democrático dos veces —y añadió tras un instante—. Nosotros no tenemos democracia.

—Pero ellos dicen que Cuba es una democracia, estamos reconocidos a nivel mundial como una república.

—Pero nosotros sabemos que no es cierto, para eso hemos estudiado. Lo más simple, los partidos políticos no tienen lugar en nuestra Constitución y todo lo que vaya en esa dirección es delito. Es cierto, se hacen elecciones, pero de ahí a sostener que somos una democracia, va un tramo.

—El partido rige todo y es único. Se esconden en los pliegues de la retórica y mienten.

—¿Al descaro?

—Como te dije antes, miente a sabiendas. Manipula grotescamente desde una posición de poder e impone en nombre del pueblo...

—Que lo eligió —interrumpió suavemente.

—Es cierto, por eso siempre digo que tenemos lo que nos merecemos.

—¿Lo dices en clase? —quiso saber.

—Por supuesto, ya estoy cansado y frustrado de fingir. Tampoco te creas que me pongo a hablar como un tonto, tengo miedo, un miedo que llevo enquistado dentro por más de veinte años ejerciendo el magisterio.

De nuevo el silencio y paladeo interminable del trago de ron, que ya era el último.

—No creo que los alumnos sepan qué hay detrás de tus enseñanzas —dijo en tono negativo— Tampoco creo que les interese mucho y menos pueden hacer.

—Pero nosotros podemos hacer algo —aseguró—. Al menos exponer las definiciones esenciales, pues para eso están en los libros. Que sepan de verdad lo que significan esos conceptos y que si alguien usa el *neo* delante de liberal, no implica algo malo, que tengamos que desechar, es sencillamente nuevo, actualizado por el proceso lógico de la evolución del pensamiento.

—Ummmm, Neo se llama el de *Matrix*.

—Si te vas a poner escatológico —sonrió triste.

—No me vayas a decir que Cuba no es *Matrix*, vamos, yo tengo esa esperanza, nosotros vivimos en el mundo real y ellos dentro de *Matrix*, donde pueden conseguir todo lo que quieran.

—Ya, y el presidente es el agente Smith.

—Noooo, es el arquitecto...

Vulcanismo

El norte se estaba anunciando. Una extensa franja de nubes cubría el horizonte. Quería pensar que cambiaría el tiempo, un poco de fresco se necesitaba. En octubre comenzaba la ligera variación en la temperatura indicativa de que venían unos meses menos calurosos, con olores y sabores en el aire sin pretensiones, dispuestos a extinguirse e incluso pasar inadvertidos para la mayoría.

Entró en la tabaquería y el aire acondicionado lo envolvió en fragancias de café y tercios de tabaco. Era un lugar especial y casi siempre, cuando ahorraba un dólar, no dudaba en entrar y tomarse un café, que dicho sea de paso, era exquisito.

El gobierno apenas anunciaba levantar las cuarentenas para los turistas y nacionales. Pero todavía estaba sin trabajo, pues el sector del turismo, normalmente más favorecido, ahora estaba en baja.

Llegó primero, pese a la desesperante nulidad del transporte público. Pagaba veinte pesos y un carro de alquiler lo llevaba desde su casa hasta la salida del túnel, desde donde podía trasladarse, siempre a costa de los particulares que también escaseaban, pues la gasolina estaba prohibitiva.

—¿Espadas o pistolas?

El primo siempre lo sorprendía con lo mismo. Ambos rieron y se fundieron en un fuerte y sincero abrazo. Quedaron en verse allí, pues era uno de sus sitios preferidos antes de irse de Cuba.

—¿Qué tal el viaje?

—Todo bien, tranquilo. Me metieron en el Comodoro durante cinco días, es la mejor cuarentena que he hecho en mi vida...

—Dirás la única —sonrió irónico—. Hasta en eso tienen ventajas, si vieras el campamento donde me albergaron... daba miedo aquello compadre.

—La potencia médica —comentó mientras se acomodaba en el butacón

—No jodas.

Pidieron los respectivos cafés y quedaron en silencio paladeando la bebida. No fumaban, pero eran cafeteros y lo disfrutaban con intensidad. Era una bobería, pero les recordaba a su familia, la tradición del café cada vez que alguien llegaba a casa, el momento de disfrutarlo en compañía, algo que casi se perdía en el día a día del cubano.

—Primo, traje el dinero para toda la familia —lo soltó si miramientos—, tal y como hemos hablado.

—¿De una sola vez?

—Ya sé que me la jugué, pero tu mujer está desesperada, ni que hablar de la niña, en cualquier momento hace una locura y no quiero que eso suceda.

Hablaban en susurros, una costumbre que quizás modificará el genoma de los cubanos en las próximas generaciones. Entonces el recién llegado dijo:

—Pero ya sabes, sin presiones, yo dejo el dinero y ustedes hacen lo que entiendan y cuando lo crean prudente.

—Lo sé primo y ya sabes que te lo agradezco —admitió abatido.

—El miedo no se te va a quitar nunca...

—No tengo miedo en lo personal, temo por la niña, por mi esposa y por los demás —respiró profundamente—. Los cuentos ponen los pelos de punta y estoy seguro que no exageran.

—Como quiera que lo pongamos, es tráfico humano —apuntó muy serio—. Van a entrar en una categoría muy compleja y tremendamente frágil, cualquier cosa puede pasar primo, cualquier cosa.

—Si nos quedamos aquí, es cierto que sufrimos, pero al menos la posibilidad de la muerte se mantiene lejos, por decirlo de alguna forma, mensurable.

—Es cierto —y añadió luego de una pausa—. Además vas a llegar allá sin casa, ni trabajo, toda tu estabilidad, la que sea que tienes aquí, la vas a perder y dependerás de la caridad del gobierno y de la ayuda de familia y amigos.

Lo miró por un instante. Le llevaba unos cuantos años pero la vida fuera de Cuba, en Estados Unidos, lo hizo un hombre maduro, analítico y con un profundo sentido de la libertad y justicia. Lamentó no estar en su lugar, haberse ido incluso antes de tener familia, pero sacudió la cabeza e inspiró profunda y ruidosamente. El pasado no se puede modificar.

—Yo quiero enfocarme en los que llegaron, en los que lo consiguieron —expuso—. He hablado con mucha gente, personas serias y confiables y siempre llego a la misma conclusión: se jugaron la vida cientos de veces.

—Pero vivieron para hacer el cuento.

—Ni una sola persona me ha dicho que está arrepentida, al contrario —aseguró—. Y yo les creo, no veo razón para que me mientan.

—¿Alguien te ha dicho que no lo haría de nuevo? —quiso saber.

—No te voy a mentir, me lo han dicho —y añadió—. Pero en todos los casos, que fueron dos o tres...te lo juro... siempre hubo un titubeo, un momento en que seguro que pasaron por sus cabezas situaciones muy extremas vividas, del calibre de violaciones, secuestros etc. Por supuesto, tambien hablé con una señora que tiene perdida a su hija, ya te imaginarás como está...

—No quiero ni pensarlo...

—Pues debes, ya que es una posibilidad real —suspiró contenido—. La mayoría lo consigue, al menos eso se dice y las anécdotas demuestran que los trabajos que pasaron no llegan a convertirse en traumas, pero en otros casos... ya sabes primo.

Pese al aire acondicionado, comenzó a sudar. El primo se levantó y fue a la barra regresando con dos nuevas tazas humeantes y olorosas.

—Me aterra convertirme en una ficha en manos de traficantes.

—Eso está estudiado. Los gobiernos, que nos mueven como títeres, se ponen de acuerdo, abren las opciones para que los cubanos emigremos, en este caso por Nicaragua, engrasan la maquinaria de tráfico humano, y nosotros somos la mercancía. Así de sencillo primo, todos ganan —explicó—. Desde las aerolineas, hasta los hoteles, narcotraficantes, personas humildes que viven de eso y le dan de comer a sus familias.

—Ufff, está duro.

—Sin dudas, pero lo pongas como lo pongas, es así — ante la angustia de su primo bajó el tono pero no la crudeza—. Por eso yo puedo ayudarte en todo lo que sea, pero la decisión es tuya, personal y no lo digo por un tema de responsabilidad, sino de certezas

—Lo entiendo perfectamente. Hay mucha angustia acumulada. Llevamos dos años encerrados y atemorizados, casi sin trabajar y por lo tanto sin cobrar...

—Total, de que te vale trabajar si el dinero no te alcanza para nada.

—Ya, pero al menos tenía roce social, algo de dinero me entraba —y repuso—. Los tres primeros meses me pagaron el sesenta por ciento, pero en año y medio no he cobrado nada primo, si no es por ustedes, de verdad, no puedo pensar que hubiera sido de nosotros, en serio te lo digo. El trabajo que tenía ya no existe, ni el de mi esposa, la niña ha perdido grados y en tres meses le han dado onceno y doce grado —tomó aliento—. Conozco varios casos de muertos y enfermos en muy mal estado, la verdad es que no puedo pensar en algo peor.

Un nudo en la garganta y amenaza de llanto impuso una pausa. El café estaba frío, pero mantenía su gusto, ligeramente amargo. Los dos hombres permanecieron silenciosos, cada uno ausente, metido en sus pensamientos.

—Martí decía que lo peor es no tener alternativas, primo —y añadio sonriendo—. Mírame, aquí esta la tuya jajajaja, ¿quien te lo iba a decir ehhh?

—Para lo que has quedado.

Ambos rieron y la distensión no tardó en llegar.

—Todo está coordinado, hasta los coyotes contratados —susurró—. No hay que perder de vista que son personas muy complicadas, pero he buscado referencias de amigos y familia que ha llegado sin problemas y no pasaron sustos extras, pues el peligro es cosustancial a la ruta primo.

—Es del carajo compadre.

—Jumm, lo sé.

—Lo peor, a mi juicio, es la falta de libertad, la desesperanza, el no tener horizontes realistas que impliquen que mi vida mejorará si trabajo más, siendo un buen profesional. Nunca voy a recibir lo que me merezco, independientemente del alcance de mis conocimientos—continuó con su monólogo—. Luego la hipocresía...la doble moral, las mentiras repetidas una y mil veces a lo largo de sesenta años. La violencia ejercida con toda saña contra los que piensan diferente que son tratados como personas de la más baja calaña, únicamente por disentir y quizás expresarlo. Ciertamente, mi primo, la democracia no es perfecta, pero lo que hay en Cuba, lo que está pasando en Cuba...

No pudo continuar.

Se arrellanó en el butacón y comenzó a llorar en silencio.

Incursión

Nunca fue bueno en el agua, los combatientes de la marina se lo demostraron más de una vez, aunque cuando tuvo que cumplir alguna misión que implicara un salto en el mar y aproximación a tierra nadando, lo hizo a cabalidad.

No le gustaban los saltos nocturnos, no los disfrutaba igual. Tampoco las incursiones, el mar era como una boca de lobo y una vez calculó mal la entrada al agua y se dio tal golpe en la garganta que pensó quedarse sin cuello.

La situación era compleja, en un lugar altamente urbanizado, con puntos de guardia cada cierto tramo y varios objetivos bien custodiados, lo que implicaba la necesidad de un plan a prueba de fallos.

Reunió a su equipo. Hombres muy bien entrenados por las fuerzas especiales de Viet Nam. Todos condecorados y con una capacidad táctica a prueba de misiones de alto riesgo.

Finalmente decidió que fueran cinco: chofer, comunicaciones, dos hombres rana, inteligencia y jefatura, estos últimos cargos bajo su responsibilidad.

Era un especialista en seguridad multidimensional, con varios cursos y entrenamientos en la antigua Unión Sovietica, China y otros países afines a la política de Cuba.

En el primer encuentro esclarecieron todos los aspectos de la misión. Entonces les contó lo más dificil: sería una incursión cerrada, encubierta o negra. Esto significaba que debían entrar, salir y no dejar huellas.

El enemigo no se daría cuenta de la acción y de suceder lo peor, no podría rastrearlos, quedando los "culpables" en el anonimato.

Todos estuvieron de acuerdo y pasaron a estudiar el terreno en los mapas y planos de rigor. No parecía especialmente complicado, más allá del peligro que suponen los imprevistos. El soborno funcionaba muy bien en La Habana actual y en toda Cuba.

Por suerte el objetivo estaba en un lugar de la rada alejado de la refinería Ñico López, enclave protegido con equipamiento electrónico puntero y unidades específicas para mantener la seguridad de este importante lugar.

Cada uno debía recoger su equipamiento y estar listo en los próximos tres días. Era una precaución extra, pues se reducían al veinticinco por ciento las posibilidades de resultados adversos en caso de indiscreción e incluso, traición. Se marcharon de uno en uno, utilizando vías diferentes, por si acaso, los CDR vigilaban activamente y el jefe de sector estaba a la viva.

Se quedó en su casa tranquilo y al otro día, sobre las doce de la noche, salió.

Llamó por telefono al conductor y quedaron en que lo recogería en media hora e irían a por el resto del subgrupo. El almendrón se desplazaba a poca velocidad, sorteando los baches y resentido por la carga de cinco hombres con sus equipos de buceo.

Transitaron por la calle del Sapo hasta Primera y doblaron a la derecha buscando el Anillo del Puerto. La oscuridad apenas era rota por lámparas que lanzaban escasos y agonizantes destellos amarillentos.

Comenzó a llover, situación que se mantendría durante toda la madrugada, tal y como había profetizado el Instituto de Meteorología. Menos tráfico y gente en la calle.

En el puente del río Luyanó bajaron, se pusieron el equipamiento y comenzaron a nadar en busca de la bahía, mientras el transporte continuó su ruta hacia La Habana, para dar tiempo a la operación.

Manteniendo la línea costera, cruzaron la ensenada de Guasabacoa a la altura del antiguo polvorín de San Antonio hasta los predios de su objetivo.

El tramo estaba limpio, bastante iluminado, pero la lluvia caía en forma de cortina, lo que mejoraba el camuflaje. Tres combatientes se arrastraron con sigilo hasta la cerca donde los esperaba el contacto, mientras que el cuarto aseguraba el punto de desembarco para garantizar la retirada sin problemas.

Sin mediar palabra comenzó el trasiego de mercancía que era depositada en tres redes. Transcurrieron como diez minutos y todo el trabajo estaba terminado, sin contratiempos.

El plan funcionaba a la perfección.

Comenzaron a replegarse cautelosamente, por escalones, pues la carga pesaba bastante. Varios kilogramos por persona. Al llegar a la costa, ataron las redes a tres boyas pintadas de negro mate, que los ayudaría a mantenerse a flote con un empuje extra o reemplazo, por si alguno se cansaba más de lo esperado.

Entonces sintieron la voz y un haz de luz proveniente de una linterna comenzó a desplazarse nerviosamente entre la cerca y la costa, buscando.

—Ehhhh ¿quién anda ahí? —era el custodio de guardia que incomprensiblemente tenía una linterna...impresionantemente potente.

Se quedaron inmóviles, perfectamente mimetizados con el entorno, era imposible descubrirlos. Las redes ya estaban en el agua, pero si el CVP daba la voz de alarma, la cosa se pondría fea.

—Pssssss...puro, coño no hagas ruido, compadre, he salido a mear —era el contacto que intentaba atraer la atención del vigilante.

—No jodas, a orinar fuera con esta agua, tu te piensas que yo soy bobo —respondió el interpelado.

—No puro, nada de eso, mira, ven acá un momentico a la cerca.

Con precaución y verdadero susto el guardia hizo lo que le pidieron. Apenas podía divisar a su interlocutor, pero la diversión hizo su efecto. Los combatienes entraron al agua y comenzaron a nadar de vuelta.

—Mira, coge lo tuyo aquí —dijo, mientras le pasaba por encima de la cerca una botella plástica de dos litros de aceite.

Sumatoria

Desde hacía días se estaba preparando para el encuentro. Las autoridades estaban haciendo lo suyo, o lo que es lo mismo, presionar con los argumentos de siempre.

Pero ya Cuba no estaba en los setenta ni los ochenta. El país estaba deteriorado a todos los niveles y sus estandartes, como la salud y educación, no convencían. Muchísimo menos a los cubanos que tenían que bregar con todas las dificultades que generaba un estado anclado en dogmas de obligatorio cumplimiento.

Pero lo peor estaba abriendose paso por Internet. De una forma u otra, el pueblo se daba de bruces con una realidad que no era la que pintaban desde los noticieros y la prensa oficial.

Ni en Cuba y mucho menos fuera.

Algunos invertían sus megas en las redes sociales, pero otros, además, se informaban y compartían experiencias con un país bloqueado por muros similares a los del sistema constructivo Girón: producto nacional, pero con técnicas e inspiración del otrora y ya desaparecido campo socialista.

De todas formas sabía que no sería una pelea fácil, pero estaba preparada, largas charlas con su hermano y material bajado de internet, complementaban sus defensas.

Ninguna de las vacunas cubanas pasaron la prueba de la OMS, aunque se dejara entender lo contrario. Ni una sola investigación a pares. Nada de validación internacional. Resulta que países como Estados Unidos, Gran Bretaña, China, que estaban a la cabeza de las investigaciones en todos los sectores, apenas consiguieron crear uno, dos o tres candidatos vacunales. ¡¡¡Cuba cinco!!! Por favor...

Como a las diez de la mañana tocaron y abrió la puerta. Ahí estaban. Era la doctora de la familia, el delegado de la circunscripción y una persona de salud del municipio.

—Buenos días, pasen por favor y acomódense, hay espacio para respetar la distancia social.

—Buenos días —respondieron al unísono casi.

Tras unos segundos de cortesía, la dueña de la casa abrió la conversación. Su hijo, un muchacho de veinte y tantos años, escuchaba desde la cocina, pues su madre le prohibió estar en la charla.

—Mire, no se sienta incómoda con nosotros, estamos cumpliendo una indicación del Ministerio de Salud y del partido —el delegado abrió el fuego.

—No se preocupen, estoy abierta a escucharlos, pero de antemano les digo que mi decisión ya está tomada —fuera la cortesía—. Más que todo lo digo porque sé que tienen el tiempo limitado y no quiero que lo pierdan inútilmente.

—¿Podrías explicarnos cuáles son tus motivos? —la funcionaria de Salud habló muy bajito.

—Realmente me molesta tener que hacerlo, mi cuerpo es mío y yo decido lo que me pincho o me meto, no le debo explicaciones a nadie y es mi responsabilidad total.

—Sin dudas, pero nosotros hemos venido a explicarle las razones, el beneficio que tiene la vacuna pues resulta vital para el cuidado de su salud e incluso, protegerá su vida si le diera la COVID— el delegado estaba cogiendo impulso—. También la de su hijo, que es un jóven expuesto a la pandemia.

Respiró profundamente, desplegando las aletas de la nariz como un pescao en tarima moviendo las agallas.

—Se lo voy a explicar una vez— organizó el discurso que tenía en mente y lo expuso de carretilla—. Tengo una condición médica que me incluye en el grupo de riesgo. Estoy enferma, como bien sabe la doctora de la familia y no quiero que se me complique la existencia. Prefiero hacer cuarentena durante años y usar nasobuco, que exponerme a una reacción adversa o que mi condición de salud me lleve a un hospital. Soy madre soltera y no puedo darme el lujo de dejar a mi hijo solo, pues como tambien sabe la doctora, es un muchacho enfermizo y débil.

Ambos miraron a la interpelada que asintió sin dudarlo y agregó:

—Ya hcmos hablado de eso entre nosotras y su historial médico respalda su posición, incluso, recomiendo que no se vacune y extreme las medidas sociales y de higiene —habló en tono seguro.

Sin embargo, el delegado tuvo a bien insistir. Les exigían un máximo de vacunación y la seguridad de su puesto, y por lo tanto, nivel de vida, dependía de la cantidad de personas inmunizadas, era una tarea más de la revolución. Ahondó en su provocación, pero estaba muy bien preparada.

—Usted es nacida y criada en Cuba. Ha sido inoculada con nuestras vacunas y medicamentos desde que nació, al igual que su hijo, son fármacos muy bien estudiados y conoce el prestigio de la medicina cubana...

—Al parecer usted no ha entendido —recordó los muñequitos de Elpidio Valdés "no os dejeis provocar"—. Como bien dice, soy cubana cien por ciento y todo lo que tengo se lo debo a la revolución. Estuve ingresada al borde la muerte con una pancreatitis y míreme aquí, vivita y coleando. Pero le repito compañero delegado, la vacuna no es aconsejable en mi caso, ya pudo escuchar a la doctora y esto lo he consultado con muchos médicos, incluyendo a los del Calixto García, que me salvaron la vida. Me dijeron claramente que me cuidara, pero que no me vacunara.

—En ese caso compañera, agradecemos mucho que nos haya escuchado y haremos el informe correspondiente, apoyados por la doctora. Muchas gracias.

—Gracias a ustedes por su preocupación.

Un par de minutos despues de marcharse la comitiva, el muchacho salió de la cocina con el semblante demudado por la contención.

—Mamá...*apretaste*...eres la mejor...le diste duroooo...que control, los engañastes...uyyy una mujer enferma—. reía como una tiñosa con moquillo.

—Cállate coño, no me pongo esa vacuna ni muerta.

11 de julio

"la orden de combate esta dada, a la calle los revolucionarios"

Aunque pueda parecer por la agresividad del lenguaje, Cuba no estaba siendo invadida por los yanquis. Tampoco los militares se levantaron en armas para ejecutar un golpe de estado. La incitación dirigida a detener las protestas sociales de un pueblo maltratado y reprimido durante años, debería ser, algún día, motivo de análisis en la Corte Internacional de Justicia.

Los cubanos ocupamos un pequeño espacio a medio camino entre América del Norte y del Sur. Tenemos un archipiélago regado de islas e islotes con una principal alargada y estrecha. Luego ya saben los que saben de estas cosas: provincias, municipios, barrios, casas.

Resulta una verdadera casualidad que dos cubanos concuerden en algo. Da igual que sea de un lugar u otro, lo mismo amanezcan en Tokyo que en Kuala Lumpur.

Sin embargo, el 11 de julio de 2021 miles de cubanos salieron a las calles a protestar por la forma de vida que están llevando desde hace años. No se registraron desplazamientos tectónicos ni erupciones solares que explicaran otras causas del estallido social.

Tampoco la mano negra, ya sabemos, los americanos. Esto no quiere decir que no fueran los "culpables".

Por supuesto que lo fueron. Siempre lo son. Es un mito que, de ser norteamericano, llevaría con orgullo. No hay fallos. Siempre son ellos.

—¿Qué hacemos, nos unimos?

—¿Estás loca?

—Coño, es que esta todo el mundo en la calle y nosotros aquí, prisioneros del miedo —la pareja discutía en plena calle, al sol que rajaba las piedras, por temor a meterse bajo un balcón y les cayera encima.

—Lo que tenemos que hacer es evitar meternos por las calles donde no haya gente e ir para la casa, mira, han tumbado la wifi, esto se esta poniendo malo —el chico comenzaba a descontrolarse por el temor a ser agredidos por la policía.

Las manifestaciones los tomaron por sorpresa y habían salido a conectarse de un punto wifi que ETEC-SA habilitó a unas cuadras de su casa. La muchacha estaba perdiendo la paciencia, evidentemente quería unirse y hacer lo suyo, lo que consideraba incluso su deber cívico e inalienable. Estudiaba Historia del Arte y su tesis versaba sobre la libertad de estilos en el arte religioso europeo.

—Pero ven acá, chico, te pasas la vida hablando mierda y quejándote y ahora, que tenemos una oportunidad, no quieres participar...

—¿Oportunidad...oportunidad? —pausa para recuperar el aliento—. Aquí no hay nada de eso, verás a la policia repartiendo palos en breve, gente presa y no va a pasar nada... escuchamos juntos al *puesto a dedo,* la misma retórica, palos para los que protesten por agentes del capitalismo y esa mierda, Cuba es únicamente de los revolucionarios, los demás no valemos nada...

—Pero...

—Lo que va a pasar es que si nos cogen nos van a meter presos y perderemos la universidad y sabe Dios qué más, quizás años de cárcel y todo va a seguir igual, en un par de meses esto será una anécdota. No te hagas ilusiones, cuatro gentes en las calles no va a marcar diferencias, ellos son mucho más fuertes y tienen el control de todo, fíjate, ya jodieron la wifi.

—Y vaya con la wifi, por pensar así es que seguimos tan jodidos —no se daba por vencida—. Somos unos pencos, nos tienen maniatados y no hacemos nada, abusan sin piedad y no pasa nada.

—Es que no va a pasar nada, mi cielo, nada más alla de los detenidos, que son gusanos, lacra, excecrables, enemigos del pueblo. Eso lo tenemos aprehendido. Y el pueblo le da, sistemáticamente, la espalda a los que luego reconocen como héroes, no somos personas sin cultura, por favor...no hagas que nos maten o nos metan presos, piensa en nuestros padres, tu mamá se volvería loca y me culpará a mi toda la vida...

—Por una vez, no estoy de acuerdo contigo. Hay que luchar...

—Princesa mía, no vamos a ganar, es imposible, un cambio en Cuba no se va a producir de esta forma. Ellos, los que están en el poder, no lo van a soltar sin sangre, no van a renunciar a sus vidas por quedar bien con la historia. Y no tenemos nada para combatirlo, nos van a masacrar y no estamos en 1789, ni somos franceses, por favor, analiza. Reconozco que el primero que habla basura soy yo, pero es que no puedo hacer otra cosa, así al menos me desahogo.

—¿Crees que esto se va a detener?

—Por supuesto, estoy seguro. No hay forma, es un acto de fuerza de los que no la tienen. Sin fuerzas, sin armas, sin lucha...

—¿Y los polacos, y los rusos?

—No tenemos tiempo, por favor, vámonos a casita.

En ése momento centenares de personas aparecieron en la calle donde estaban. Instintivamente corrió hacia la esquina y antes de girar lanzó una mirada desesperada buscándola.

Todo el tiempo pensó estaba detrás, creyó que lo había seguido, pero al no verla se quedó helado.

Inmóvil mientras la manifestación avanzaba en su dirección gritando consignas. No la vio.

Su novia había decidido unirse a los cubanos que ese día y otros que sucedieron, tuvieron el valor y arrojo de hacer algo, al menos gritar y desahogarse buscando un cambio que mejorara sus maltrechas vidas. No eran agentes de la CIA, tampoco vendepatrias, ni gusanos, eran cubanos, sencillamente.

Tenían derechos. Al menos eso creían.

Se pudo subir encima de un latón de basura para tener una mejor visión del grupo. Quizás conseguiría verla y rescatarla. Se sorprendió gritando su nombre como un poseso, hasta que fue inundado por la muchedumbre.

Nada.

Estaba desesperado cuando dos muchachos que no pasaban de los quince años, le hicieron señas que los ayudara a subirse en el latón, desde donde tenía mejor posición.

Pudo ver como de los edificios bajaban más personas que se incorporaban, gritando y gesticulando. No sintió el golpe en sus piernas y cayó de cabeza sobre el pavimento.

Perdió el conocimiento.

Tampoco supo cuándo los policías lo golpearon, ya desmayado y metieron en una patrulla.

ÍNDICE

www.ingramcontent.com/pod-product-compliance
Lightning Source LLC
Chambersburg PA
CBHW020426130626
46549CB00010B/1138